1909 - Mars - 13.

VENTE

Du Samedi 13 Mars 1909

HOTEL DROUOT, SALLE N° 1

à 2 heures

TABLEAUX

ANCIENS ET MODERNES

AQUARELLES — DESSINS — GOUACHE

GRAVURES

COMMISSAIRE-PRISEUR

Me HENRI BAUDOIN

Successeur de M. Paul CHEVALLIER

EXPERT

M. JULES FÉRAL

CATALOGUE

DES

TABLEAUX

Anciens et Modernes

Par

VAN AELST, BERTIN, BESCHEY, VAN DAEL, N. DIAZ, DOYEN, DROLLING, DUPLESSIS, FRANCK, GARNERAY, GIACOMELLI, HARPIGNIES, LACROIX, LE PRINCE, LINGELBACH, MEISSONIER, MIÉRIS, MOLS, PANINI, RUYSCH, SCHALKEN, STORCK, TAUNAY, D. TIEPOLO, WILLE, ETC., ETC.

Aquarelles, Dessins, Gouache

GRAVURES

DONT LA VENTE AURA LIEU A PARIS

HOTEL DROUOT, SALLE N° 1

LE SAMEDI 13 MARS 1909

à deux heures

COMMISSAIRE - PRISEUR
Me HENRI BAUDOIN
Successeur de M. PAUL CHEVALLIER
10, rue Grange-Batelière

EXPERT
M. JULES FÉRAL
7, rue Saint-Georges
PARIS

EXPOSITION PUBLIQUE

Le Vendredi 12 Mars 1909, de 2 h. à 5 h.

CONDITIONS DE LAVENTE

Elle sera faite au comptant.

Les adjudicataires paieront *dix pour cent* en sus des enchères.

Paris. — Imp. de l'Art, Ch. Berger, 41, rue de la Victoire.

DÉSIGNATION

AQUARELLES, DESSINS
GOUACHE, GRAVURES

CALLET (D'après)

1 — *Portrait de Louis XVI.*

Gravure.

GIACOMELLI (HECTOR)

2 — *The morning bath.*

3 — *The Farmer's friends.*

Deux pendants.
Aquarelles.
Signées.

GOYEN (JEAN VAN)

4-5 — *Scènes d'hiver en Hollande.*

Deux dessins au crayon noir et au lavis d'encre de Chine.
Signés du monogramme et datés : *1653*.

GREUZE (Attribué à J.-B.)

6 — *Tête de Jeune Fille.*

Crayon noir rehaussé de couleur.

HARPIGNIES (Henri)

7 — *Les Bords d'un lac.*

Aquarelle. Signée et datée : *1884*.

KAISER (J. W.)

8 — *Prise d'une Ville.*

Dessin au lavis de bistre.

LE COMTE (D'après)

9 — *La Demande en mariage.*

10 — *La Célébration du mariage.*

11 — *Le Retour de l'Église.*

12 — *Le Repas de noces.*

Quatre gravures en couleur par Jazet.

MAROLD

13 — *Frontispice pour Atala.*

Aquarelle gouachée.

MIÉRIS (Attribué à François Van)

14 — *La Partie fine.*

Aquarelle.

RODRIGUES (A.)

15 — *Toréador.*

Aquarelle.

SCHALL (D'après)

16 — *L'Amant surpris.*

Gouache.

TIEPOLO (D.

17 — *Sujet religieux.*

Lavis de bistre.
Signé à droite.

VAN DAEL (Jean-François)

18 — *Fleurs à l'entrée d'un parc.*

Gravure lavée d'aquarelle.
Signée à gauche et datée : *an VIII.*

VAN DAEL (Jean-François)

19 — *Panier de fleurs attaché contre un arbre.*

Gravure coloriée.

VEYRASSAT (Jacques)

20 — *Les Marchands de chevaux.*

Dessin au crayon noir et à l'estompe.
Signé à droite.

WILLE (Pierre-Alexandre)

21 — *Le Charlatan.*

Dessin à la plume lavé d'aquarelle.
Signé et daté : *1803.*

22 — *Gravures de sport.*

TABLEAUX

ANCIENS ET MODERNES

AELST (PAUL VAN)

23 — *Aumônière, gobelet, dés, vase d'orfèvrerie et tapis bleu sur une table de marbre.*

24 — *Un homard, un verre de vin, un vase de vermeil et un tapis bleu sur une table de marbre.*

Deux pendants.

AIWASOWSKY (IWAN)

25 — *La Baie de Naples.*

BERTIN (JEAN-VICTOR)

26 — *Paysage d'Italie.*

Signé et daté : *1799*.

BESCHEY (BALTHAZAR)

27 — *Mars retenu par Vénus.*

BOUCHER (D'après F.)

28 — *Vénus et Amours.*

BOULIAR (D'après Mlle)

29 — *Portrait de l'Artiste.*

BOURGUIGNON (Jacques-Courtois, dit le)

30 — *Cavaliers combattant.*

BRAUWER (D'après Adrien)

31 — *Le Fumeur.*

CHARDIN (Genre de)

32 — *Le Château de cartes.*

COYPEL (Genre d'Antoine)

33 — *Le Rêve de Don Quichotte.*

DAGNAUX (Albert)

34 — *La Rue Mabillon, par la neige.*

Bois.
Signé à gauche.

DECAMPS (Attribué à)

35 — *Paysanne portant un enfant dans une cour de ferme.*

DE MARNE (Attribué à L.)

36 — *Animaux sous la garde d'un berger.*

DEMAY (Jean-François)

37 — *Les Comédiens ambulants.*

DEVEDEUX (Louis)

38 — *Femme d'Orient.*

DIAZ (Narcisse)

39 — *Sous bois.*

Étude portant à droite le cachet de la vente de l'artiste.

DOYEN (Gabriel-François)

40 — *Sujet tiré de l'Histoire romaine.*

Peinture en grisaille sur toile marouflée.

DROLLING (Martin)

41 — *Jeune Femme jouant avec un chat.*

Signé à gauche.

DUPLESSIS

42 — *Halte de Bohémiens.*

Signé.

DURST

43 — *La Gardeuse d'oies.*

DUVIEUX

44 — *Vue de Venise.*

DYCK (École de VAN)

45 — *Portrait d'Homme couvert d'un manteau.*

FLAMENG (AUGUSTE)

46 — *La Sortie du port.*

Bois.
Signé à gauche.

FLAMENG (AUGUSTE)

47 — *Les Pêcheurs.*

Bois.
Signé à gauche.

FLAMENG (AUGUSTE)

48 — *Le Retour de la pêche.*

Bois.
Signé à gauche.

FRANCK (FRANÇOIS)

49 — *Le Calvaire.*

Cuivre.

FRANCK et VAN KESSEL

50 — *La Vierge, l'Enfant Jésus et des Anges entourés d'une guirlande de fleurs.*

GARNERAY (Hippolyte)

51 — *Un Port de pêche.*

Signé à droite.

GÉRARD (École du Baron)

52 — *La Jeune Mère.*

GOYA (Genre de)

53 — *Portrait de Femme debout dans un paysage.*

GOYEN (Genre de Van)

54 — *Bords de rivière en Hollande.*

GRIMELUND (Jean-Martin)

55 — *Les Dunes.*

Signé à gauche.

GUARDI (Attribué à)

56 — *La Piazzetta à Venise.*

GUDIN (Attribué à Th.)

57 — *Scène de naufrage.*

GUIDO RÉNI (Attribué à)

58 — *Madeleine en buste.*

HEEM (Attribué à David de)

59 — *Une conque, un verre de vin, des citrons, du fromage et des pains sur une table.*

HERVIER (D'après ISABEY)

60 — *Le Naufrage.*

HUET (Genre de J.-B.)

61 — *Pastorale.*

ISABEY (Attribué à EUGÈNE)

62 — *Marine : Effet d'orage.*

JEAURAT (Attribué à)

63 — *Les Oiseleurs.*

JOANÈS (École de JUAN DE)

64 — *Le Christ à la colonne.*

LACROIX (de Marseille)

65 — *La Tempête.*

LE PRINCE (JEAN-BAPTISTE)

66 — *Bergers et animaux au bord d'une rivière.*
Signé à droite.

LINGELBACH (JEAN)

67 — *Le Camp.*

MAAS (Attribué à NICOLAS)

68 — *Villageois et fillette dans un intérieur.*

MEISSONIER (E.)

69 — *Cavalier buvant.*

Étude provenant de la *Vente Meissonier.*
Bois.
Signé du monogramme.

MIÉRIS (François Van)

70 — *Le Paradis terrestre.*

Signé au centre.

MIGNARD (École de)

71 — *Portrait de femme.*

Vue jusqu'aux genoux, en robe blanche, drapée dans un manteau jaune.

MITA

72 — *La Rue Saint-Vincent à Montmartre.*

Signé à droite.

MOLENAER (Attribué à Jean)

73 — *La Joueuse de vielle.*

MOLS (Robert)

74 — *Bords de rivière.*

Signé à gauche.

NAVLET

75 — *Accident de chasse.*

Aquarelle.

NEEF (Attribué à PETER)

76 — *Intérieur d'église.*

NEER (Attribué à ARTHUR VAN DER)

77 — *Effet de clair de lune en Hollande.*

OUDRY (École d')

78-79 — *Canards et oies sauvages.*

Deux pendants.
Dessus de porte.

OUDRY (Genre d')

80-81 — *Canards sauvages.*

Deux pendants.

PANINI (JEAN-PAUL)

82 — *Pétrarque.*

PATEL (PIERRE)

83 — *Paysage historique.*

PÉRELLE (GABRIEL)

84 — *Paysage avec figures et animaux.*

PIAZZETTA (JEAN-BAPTISTE)

85 — *Un Buveur.*

POELEMBURG (CORNEILLE VAN)

86 — *Le Bain.*

PORTAELS

87 — *Aux Ajoncs.*

Bois.
Signé et daté : *1888.*

POTTER (D'après PAUL)

88 — *Vache et agneau.*

POUSSIN (École du)

89 — *Le Mariage.*

PRUD'HON (D'après)

90 — *L'Assomption de la Vierge.*

PRUD'HON (Genre de)

91 — *Jeune Fille levant les yeux au ciel.*

REMBRANDT (École de)

92 — *Le Banquier.*

ROSA (Attribué à SALVATOR)

93 — *Paysage d'Italie.*

ROODTSEUS (JACQUES)

94-95 — *Fruits et objets divers.*

Deux pendants.
Signés.

ROSLIN (Attribué à)

96 — *Portrait de Jeune Femme jouant de la guitare.*

Toile de forme ovale.

RUBENS (D'après)

97 — *Portrait du Maître.*

RUBENS (École de)

98 — *La Guerre.*

Composition allégorique.

RUBENS (Ecole de)

99 — *Saint Paul.*

RUYSCH (Rachel)

100 — *Vase de fleurs.*

SALLES (Jules)

101 — *La Femme au chien.*

Signé à droite.

SEBRON (Hippolyte)

102 — *Intérieur d'église.*

Signé à droite.

SCHALKEN (Godefroid)

103 — *Effet de lumière.*

STOCK (Ignace Van den)

104 — *Intérieur d'église.*

TAUNAY (Nicolas-Antoine)

105 — *Le Coup de vent.*

Signé et daté : *1826.*

TAUZIN

106 — *Entrée de ville : Effet de neige.*

Signé à gauche.

TENIERS (D'après David)

107 — *Danse de paysans.*

TENIERS (D'après)

108 — *Intérieur de tabagie.*

TENIERS (École de)

109 — *Paysage avec villageois au bord d'un cours d'eau.*

THÉOLON (Étienne)

110 — *Jeune Fille en buste.*

THURNER (Gabriel)

111 — *Paysage avec chaumières.*

THURNER (Gabriel)

112 — *Scène d'intérieur : Effet de lumière.*

TURNER (Genre de)

113 — *Vue de Venise.*

TROUILLEBERT

114 — *Vue de Venise.*

VALLIN (Jacques-Antoine)

115 — *Sujet tiré de l'Histoire romaine.*

Signé et daté : *1789.*

VERGNEAUX

116 — *Paysage d'Italie avec scène mythologique.*

VERNET (Attribué à Joseph)

117 — *Les Naufragés.*

VERNET (Attribué à Joseph)

118 — *Scène de naufrage.*

VINCI (École de Léonard de)

119 — *La Vierge et l'Enfant Jésus.*

WATTEAU (Attribué à Antoine)

120 — *Le Lorgneur.*

Debout, vêtu à la mode espagnole, en pourpoint de velours rouge à crevés, avec fraise et manchettes bouillonnées, un guitariste regarde tendrement une jeune dame assise à terre, vue de profil, un éventail à la main et vêtue de soie jaune. A côté d'elle un jeune homme joue de la flûte.

(*Vente Febou, 1882.*)

WEBER (Th.)

121 — *Marine avec voiliers.*

WOUWERMANN (Attribué à PHILIPPE)

122 — *Le Départ pour la chasse.*

ÉCOLE ANGLAISE

123 — *Portrait d'Homme en habit rouge.*

Toile de forme ovale.

ÉCOLE FLAMANDE (XVIIe siècle)

124-125 — *Fleurs et fruits.*

Deux pendants.

ÉCOLE FLAMANDE

126 — *Cavaliers et Villageois sur une route.*

ÉCOLE FLAMANDE

127 — *Paysage avec sujet biblique.*

ÉCOLE FLAMANDE

128 — *Portrait de Rubens.*

ÉCOLE FLAMANDE

129-130 — *Batailles.*

Deux pendants.

ÉCOLE FRANÇAISE (XVIIIe siècle)

131 — *Laveuses surprises par un berger.*

ÉCOLE FRANÇAISE (XVIIIe siècle)

132-133 — *Bergères et animaux.*

Deux pendants.

ÉCOLE FRANÇAISE (XIXe siècle)

134 — *Portrait présumé de Meyerbeer.*

Signé L. B. et daté : *1825.*

ÉCOLE FRANÇAISE

135 — *Le Concert dans le Parc.*

Esquisse.

ÉCOLE FRANÇAISE

136 — *Buste d'Homme couvert d'un manteau rouge.*

ÉCOLE FRANÇAISE

137 — *Portrait d'Homme en redingote bleue.*

ÉCOLE FRANÇAISE

138 — *La Jeune Musicienne.*

ÉCOLE HOLLANDAISE (XVIIe siècle)

139 — *Fruits, gibier et volailles.*

Signé B. H. et daté : *1650.*

ÉCOLE HOLLANDAISE (XVIIe siècle)

140 — *Portrait d'Homme en buste.*

ÉCOLE ITALIENNE (XVIe siècle)

141 — *La Nativité.*

ÉCOLE ITALIENNE (XVIIe siècle)

142 — *Saint Jean-Baptiste.*

Cadre en bois sculpté.

ÉCOLE ITALIENNE (XVIIe siècle)

143 — *L'Enlèvement des Sabines.*

ÉCOLE ITALIENNE

144 — *L'Enfant Jésus.*

ÉCOLE MODERNE

145 — *Paysans au repos sous un arbre.*

Signé : J. D.

ÉCOLE MODERNE

146 — *Rochers et cours d'eau.*

147 — Sous ce numéro, qui sera divisé, seront vendus des tableaux et dessins non catalogués.

www.ingramcontent.com/pod-product-compliance
Ingram Content Group UK Ltd.
Pitfield, Milton Keynes, MK11 3LW, UK
UKHW022150260726
13993UKWH00005B/2280

9 782329 465401